KB161989

22층에는 누가 사는가

22층에는 누가 사는가

김민주 시집

| 시인의 말 |

개정된 시집을 엮는다.

군더더기는 빼고 문장을 다듬었다

유쾌함과

그대 발길 머무는 곳으로.

2014년 12월 충청도에서

김민주

제1부 스무 살 내 하나의 사랑

제2부 겨울 기차를 타보셨나요

제3부 별 바람

제4부 겨울나무

제1부 스무 살 내 하나의 사랑

비 오는 날 전화를 걸다

뚜 뚜 지금은 전화를 받을 수 없습니다
음성 녹음은 1
번호 저장은 2
별표 혹은 우물 #자를 눌러주십시오

검은 벽을 때리는 빗줄기
누군가 상가 기둥에 붙어 핸드폰을 치고
불 꺼진 사무실엔 모니터만 살아 있다
회색빛 도시
PC방 안에 매캐하니 찌들어 습한
재채기와 전자음 소리

차량들이 몰리다
늦은 저녁 나에게로 다시 전화를 걸며
이름 없는 시간
빗줄기만 거세다

귀로(歸路)

천안역 플랫폼 5번 선
크고 작은 보따리를 들고
서두르는 발길이다
기침 소리와
잠든 아이와 지아비 등에 기댄 수줍은 여인아

바퀴 소리 요란하다
역마다 희미하게 불빛이 새고
청회색 낡은 융단에 등을 누이자
낯선 얼굴이 덜컹일 때마다 흔들리다

서쪽*으로 서쪽으로 밤을 달리며
아 아 우리 졸리운 밤을
긴 레일 위 떠가는 초승달

* 청소 : 광천과 대천의 중간 역(驛)에 위치함.

너

마음 그루터기 초록으로 물들어
플라타너스 열 꽃
반짝이며 높이 솟아

한밤을 지새고도 너의 생각
도둑처럼 와서 폭풍으로 화(化)한
무스크 향기

개찰구를 빠져나간 그림자들이다
뒷모습 따라 걷다 멈춤
버스를 탈까? 터미널 쪽으로 자꾸 시선이 꽂히는데

쓰러질 듯 취한 듯
한낮의 환몽(夢幻)이
발길 7일간의 꿈

4학년 1반*

비행기로 날다 추락한 꿈이
신작로에 뒹구는 운동화 하나

안농? 토요일 2교시 수업은 이렇게 시작된다
비뚤린 입으로 영식이가
도 미 솔 ♬
우리들 허기진 배에 풍선 바람을 넣어
도 솔 미 도 ♬

가을 다 가도록 푸른 유리창에
메아리 번지며
담박 골 타는 노을

* 4학년 1반 : 특수반.

스무 살 내 하나의 사랑

심호흡을 한다
그날 도서관 한편 기둥에 낯익은 얼굴이다
나의 그림 속 그림으로만

글자를 외우며 같은 단어를
외우고 있네
시대와 시대가 실처럼 이어지며
그건 혁명이 아니지 그렇지
도덕과
신념과
네 떠난 자리의 어두운 기억

아스팔트 보도 블록 사이에
깨진 유리병이
박힌 가시를 하나씩 뽑는다
반짝임 반짝이는 가슴들
지나간 날 오지 않는 법
아름다운 날 도덕과
신념과

22층에는 누가 사는가

늦은 밤 아파트 꼭대기에 불 켜진 방
낮 동안의 소음들이 하나씩 가라앉고
많은 별들을 두고 왔구나
고향 둥근 언덕의

어두한 길목을 돌아 지금쯤
어디 짐승의 울음소리 들려오고
히말라야 눈 덮인 텐트 속 낭만 같은
밀린 리포트를 작성하시는가
릴케를 읽고 있나 불 켜진 따스한 방

빵 조각을 물고 비스듬히 앉았다
외국 방송 채널도 한 번씩
여기저기 아랫배가 금세 무거워오지만 쉽사리 부풀지 않는다

짧은 머리일까 긴 머리일까

나의 잠 속으로

늦도록 불 켜진 방

별들의 전쟁

책상 속에 남은 비스킷 땅콩 부스러기
쥐새끼 같은 놈
눈 쌓인 겨울 동안 사무실에 그들의 음모가 성성했구나

누군가 커다란 집게를 가지고 오다
오래전의 일이다
고요하고 어둑한 시골의 밤이 찾아왔다
어디선가 슥슥 삭삭 갉아먹는 소리
천장 위에서 우루루 달려가는 병정들이다
너른 들판을 또다시 내달리다

천장에 조심스레 구멍을 내고 백열전구
고양이 눈알 한 개를 박고 깜박깜박 임시 보초를 세웠다
쥐 오줌 누렇게 바랜 무늬 벽
바느질 광주리 뾰족 바늘을 찾아라
나꿔채듯 말발굽 왕새끼에 다리를 걸자

한낮을 접는 피곤함이

시골의 천장에 또 한 차례 칼을 가는 전쟁이 시작될까

티브이를 끄고 이 저녁 넓은 평원의

천장에 눕다

어머니 저를 일으켜주십시오

그 겨울을 지나고 누워 있습니다
괴사된 등에 딱지가 앉고
마비된 허리

창밖에 새들이 지저귀고
햇살 부딪는 아이들 웃음소리
맥없이 팔을 저어보았네 그날이 언제였더냐
총포 속 화약 냄새 천지를 울리는 탱크 소리와
자유여 조선 민족 가여운 역사(歷史)

어찌하여 외면하고 말이 없느냐
탄식과 자책
삼팔선 너머로 소식을 묻나니
지렁이 기어가는 미세한 흔들림이
등 부위 척추에 신경이 돌고
아아 희망이여! 우리들의 마지막 소망

타고르가 노래하던 동방의 나라에서

경계선 혈관에 불이 켜지면

오랫동안 친구여 그리고 아버지여

지치고 상한 마음들아! 역사책을 넘기며 페이지

오늘 밤 목 놓아 울고 싶어라

빵에 대한 첫 번째의 기억(記憶)

커다란 버스를 타고
큰 시내로 들어가다
행진곡 소리와 운동장을 가득 메운 사람들이다

풍선과 솜사탕과
호루라기와 핸드 마이크를 잡은 사람이
짧은 치마 매스게임이 시작되었다
아치형 대나무 꽃부채를 들고
직선과 원형 대열이
활처럼 휘어지며 노란 꽃술 날린다

하얀 운동화
점심은 늦게 빵이 배급되었다
소보로빵을 한 입 베어 물고 나머지
몇몇이서 지름길 철로를 탄다 천 길 낭떠러지 다리 위를
걸었다
배산 쪽에서 산새가 울고

회오리 먼지를 일으키며 트럭이 지나갔다

여름 신작로에 먼지가 일고
품속에서 올라오는 고소한 냄새는
철길 20리
저기 파란 대문이 보인다

그 아이 1

헌책방을 돌아 후미진 골목에
그애가 서 있었다
아저씨 한 푼 주쇼
아저씨 한 푼 줘어 해진 바지 펄럭이며
반쯤 돌아간 흰 눈을 굴린다

누웠느냐 자고 있는가?
기역은 ㄱ
니은은 ㄴ
햇볕이 따갑다 종일

책상 위에 널브러진 채
왼쪽 다리 절룩이는 쌀집 ××도
말총머리 ××도 어깨 돌려 일성인 맨 뒤에 혼자 앉는다
〔참 잘 했습니다〕 꽃 도장 무궁화를 받은 날
교탁 위를 훌렁 넘나든다

선새니 이거 노란 껌 하나

일성인 학교에 오지 않았다

어제도

그제도

나이 33

지루한 여름이 끝나갈 무렵 서울행 기차를 탔네
장밋빛 루주를 바르고
굽 높은 하이힐도 신었네

신문 광고에는 아르바이트도 많아
세상천지에 할 일도 많아
피자 홀 써빙 써비스 낯선 골목을 찾아 들었네
어디선가 코티 분 냄새도 같고
눈꼬리가 올라간 아주머니가 웃으며 다가왔네

난생처음 현란하고 밝은 불빛에 가슴이 쿵쾅거리고
(지금) 그리고 (여기서)
가볍고도 무거운 질문지를 거지 같은 환장할
멈추어라 흐느적 옥죄는데
새벽녘 그 골목을 빠져나오며
누군가 내 뒤에 벼-엉-신

나이 33 나사렛 예수는 평강의 제자를 얻고

몸도 마음이 먼저 길바닥에 누워

죽어라 젊음아 환장할 찰거머리

청춘아

눈물처럼 웃음 같은 노래를 삼켰네

33세 늦은 밤 실성한 여자

덜컹이는 식당차에 앉아서 Jesus 석가모니 마호메트 코란의 경전(經典)을

도도하고 오만한 음부를 벌리고

허기진 백성 하나 구제 못한 채

그해 산 채로 서서히 곪아갔네

삼 일

꿈속의 붉은색은 좋다고 어른들은 얘기하지
한낮이 지날 때까지 아무 일도 없었어
(이것은 실제 상황입니다) 다급한 소리가 스피커에서
뿌-우 공습 사이렌

구석지고 어두운 방
책상을 밀치고 뛰어 들어갔네
발소리 발소리
꿈인 듯 생시인 듯
삼 일 남 았 습 니 다

우리가 무엇을 보았나요?
우리가 무엇을 말할 수 있나요?
팔을 벌려 안아보자 어머니
시계가 멈추었다

그레고리 성가대의 노래이던가 아니지
쨍그렁 부딪는 소리? 아코디언

풀어진 노끈과 슬리퍼와 절룩이는 한숨에서

삶은 더욱 외롭고

축복해주소 아직 지금 이 순간

이 시간을

여름

고샅길 누비며
오빠 따라
굴렁쇠 굴리던 하오

새소리 한달음에 언덕을 구르고
송아지 울음은
들판 자락에 흘리고
삐기*와 강아지풀 간지럽다

은모래 반짝이는 임상리* 징검다리
도랑물 그곳으로
개구리 울음소리 밤이 다 가도록
별 꽃 물 위에 머물다

* 삐기 : 깨물면 하얀 털이 나오며 삘기라고 함.
* 임상리 : 익산시에서 황등리로 진입하는 마을 어귀.

별

밤마다 너에게 가는 꿈을 꾼다
다다르는 경계
무수한 반짝임

카시오페이아 불멸의 성좌(星座)
천 년(千年) 몇 광년을 지나서 가까이 더욱 가까이
보랏빛으로

별을 따라 흐르는 작은 마음을
지상(地上)에서 쏘는 푸르른 공이
고도의 기술 마술사만 아는
퀘스천 마크

불란서 영화에서 1
— 퐁네프의 연인들

1) 파리에 가거든 세느 강 줄기 그 어디쯤에서 나를 기억해주게
거리의 유랑자 알렉스 그가 왼쪽 다리 절룩이며 오고 있다
한 손에 빵 조각을 든 채

공원에 가면 그를 볼 수가 있지
산책을 즐기는 사람들 틈에
오늘밤 불 쇼가 시작되는데 단단한 몸집이
칠흑 같은 어둠 속 빙빙 돌며 불꽃이 핀다

2) 한 여자가 화첩 하나를 들고 거리를 떠도네
퐁네프 다리 가까이
벤치 아래엔 깡통이 구르고 간밤에 이리저리 구르는 소리
밤하늘 폭죽 아래 프랑스 독립 기념
200주년 그 혁명의 밤 사람들이 거리로 쏟아져 나오고
휘황한 한 불빛 아래 벤치 아래
이봐! 한스 내게 앰플 하나만 줘 —

미셸과 알렉스

3) 미셸이 떠났네

생 클로드 가에 포스터가 붙고

○○ 형무소에 알렉스가 갇혀 있는데

세느 강의 물살이 빠르게 흐른다

길 가는 차량들이 클랙슨을 눌러대고

하얗게

눈 내리는 퐁네프 다리 위에

불란서 영화에서 2

— 레드

빛이 직진한다

너와 나

이해를 돕는 선에서

중년의 사나이가 누군가를

노려보네

낙엽은 뒹굴고

또 흩어지고

법정을 나서는가

그 후

파도가 일렁이며

파란 바다가 보이며

우리와 그대가

이해를 돕는 선에서

빛의 굴절을 읽으리라

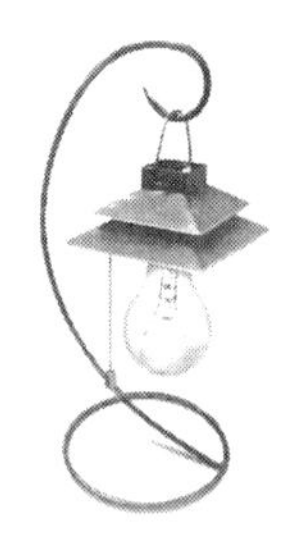

제2부 겨울 기차를 타보셨나요

들길로

들길을 간다 맨발로
마주서 풀잎이 일어선다
발가락
간질이며 깔깔거리며

초록 물 일렁이는 너의 꿈결로
꽃잎 묻어오는 새야
여릿여릿 그 길로 오는 사랑아

꽃바람
들바람
들길을 간다

농담을 했습니다*

저무는 강변을 타고 오는
기억의 상자에
쓰린 배앓이의 한숨이다

커피 까페 커피
푸른 피 솟구치는
커피 까페 그 집을 나와 창백한 얼굴이 스치고
가쁜 숨 몰아

정지된 시간(時間)에 선 자유여
둑에 서서
오늘 유리*의 죽음을 본다

* I started a joke : Bee Gees(배리 깁, 로빈 깁, 모리스 깁)의 노래 제목을 따옴.
* 유리 : 아르쯔 이바쎄프의 「싸닌」 중에서.

산행

푸른

푸른

푸른 웃음

멀리서 더러는 가까이서 손을 내민다

머리 위로 솟는 새

구름 저쪽 꿈 조각 떠가고

굽은 등에 부서지는 햇살

좁은 길을 지나서

새소리 바람 소리

산길을 간다

겨울 기차를 타보셨나요

밤을 서다 하얀 마스크를 쓴 사람
비좁은 통로를 뚫고 몇 개의 사투리가 섞이고
두꺼운 옷을 껴입은 사람들이다
선로를 달려서 달려서
그들은 그에게로 가고자 하고
나는 다시 내게로 돌아오는가
기적 소리와 자장가와
유사한 언어와 낯선 말씨와
선로를 달려서 어디로 가는지
책을 덮었다
손 안에 종이비행기
직선을 그린다 다시 포물선을 그린다
아니다 직선뿐이다
기차역이 가까이 다다를 때까지 그들의 게임은 계속되었다
멈춰버린 비행기 아무도 해석하지 못할 것이다
(누구도 누구에게 타인일 뿐)
아직 진화되지 못한 간격에서 주시하며 염원하며
가나 비행기

차갑고 위험스런 밤의 철로에

그리운 밤

기적 소리와 강아지와 어머니

철로 변 아이

유리구슬 들어 해를 향하다
노랑 파랑 프리즘으로
천천히 유영하듯 구경을 하네

곧게 뻗은 철로에 은빛 구름이 가고
눈동자
그리운 눈물빛

기다리는데
길 따라 떠난 누이 오려나

조용한 아침

가변차선을 생각한다
창문 아래 긴급출동 경찰차가 오고
황급히 올라가는 구둣발 소리

새장 붉은 피의 흔적이다
경비실을 마주한 계단에서 한 남자가 웃고 있다
북측 항공기가 서울에 도착하고 1 · 4 후퇴 때
헤어진 누이라 하는데
열몇 살 그때 어린아이였다 하는데
백발이 되어서 이제야
부둥켜안고 악수를 하는데 왜 자꾸 목이 메는지

돼지 저금통장을 털어 라면을 샀다
103동 두 번째 발판에 아직
그 남자가 서 있다 수상한 아침이다

이름에 대하여

순순, 이(李)한비, 박차고 나온 놈이 샘이나,
황해도 해주읍 띠두른 산에
맑은 냇가를 달리는 소년(少年)

우리는 지금 시베리아로 간다
봉선화 붉은 꽃마다 뚝뚝
마음을 적셔 새벽 기차는 평야를 달린다
묻지 마라 역사의 철망에 긁힌 생채기를
이내 한숨을
허울 좋은 을사조약 이토 히로부미
이 강산 요소에 조선총독부 세우고
우리 자원 우리 강토 알 곳감 빼먹듯 야금야금 쥐 도적 파먹어갔는데

그때는 일천구백 년
고종황제 일제의 압력에 밀려
뜻있는 청년들 나라를 구하고자 손가락 끊어 혈서(血書)를 썼네

의병 독립군 안 중 근
바람 찬 광야(廣野)에서 호올로 하늘에 빌어 사나이답게 죽으리라

그가 온다지?
장춘 채가구 역(驛)을 지나서 기차가 서서히 홈에 들어오면
방아쇠를 쥔 손이 떨린다
늘어선 사열대 앞으로 천천히 앞으로
탕 탕!

넓은 산야에 우리 꽃 피고
채송화 무궁화 우리 꽃이 피고

패랭이꽃

방아다리 솔숲 뻐꾸기 울음은
산새 소리 묻어와
청아한 목마름이

가는 목 늘여 꽃구름 지나는 이랑을
말간 의지의 수액을 길어

산새가 지나간 길
가을 동화를 엮는다

감나무

시골집 교장 선생님 댁
감나무 한 그루
이른 봄볕에 감꽃이 핀다

연노랑 뾰족 부리 한 개 주워 입에 담고
간밤의 새소리에 꽃비가 내리다
기와집 애 쿨렁바지와 시커먼스 모두 뒷마당에 모였다

칼칼한 목소리
강 교장 선생님 사모님 세모눈을 뜨고
커다란 부지깽이 들고 나온다
하나둘씩 개구멍 속으로 빠져나간다

노랗고 달콤한
시골집 뒤뜰에 커다란 감나무
손에 손에 담아 별꽃 목걸이

버스 정류장에 가면
— 옛이야기 B씨네

버스 정류장에 가면 낯익은 얼굴을 만날 수 있다
작은 키와 사투리
오가는 사람들의 발자국에 그의 손이 빨라진다
구두 닦습니다
떠나올 때 불던 10월의 순풍
갈대 휘걱이는 송정리 들녘과 무서리 맞고 서 있던 허수아비

첫서리 내리던 그해 시름 앓던 고향의 어머니와
둘째는 숙모 댁에 막내는 부잣집에
광화문통 사거리 수많은 사람들의 발길 닿은 곳
쪼그리고 앉아서 딱-거
밤이슬 차오는 육교 아래를 지나는 소년(少年)

버스 정류장에 가면 낯익은 얼굴을 볼 수 있다
우리들의 기억
낡은 외투 속에 감춰둔

토요 강변을 지나며

흰빛으로 온다 잔물결 출렁이는 세롱이는 몸짓
기쁨이 슬픔에게 다가와
바이킹의 추가 느리게 흔들거리다

상상이거나 착각을
와락와락 달려드는 이름과 정념(情念)과
수요 강변을 지나는 사람들의 모습이
고운 눈빛이 떨고 있구나

슬픔이 기쁨에게 절망보다 빨리 오는
순수여, 야위는 사랑아
토요 강변으로 돌아오는 사람들은 말이 없다

있음과 없음

새벽 교회당 꼭대기

종친 적 있음

라일락 향기가 코끝으로 올라

회한(悔恨)과

초록 잎 방울 잠에서 깨어나고

간질이며

속삭이며

이제 나의 이웃은 피크닉을 준비한다

Guitar 1대 있음

1반 교실서 뺨을 때린 적 있음 — 그냥 열불나서

2번 때렸음

부정교합 정상 또는 요 교정

마스터베이션은 한 적 있음

썩은 이 없음

번호와 순차

아직 너를 본 적 없음

비 오는 날의 수채화

너를 보낸다
싱거운 미소로 웃던 표정이
흥얼거리며 안녕을 하라

IMF 누더기 굴레를 쓰고
막다른 골목
쫓기듯 야윈 밤을 타 갇히거나
동댕이쳐진 채

오늘 흐리고 비
몇 시행 비행기라 언질도 없이
구름이듯 구름으로 떠나는가

하이드*

도시에서
하이드가 지나는 걸 보았느냐 물으면
보았다고 하고
어떤 이는 아직 보지 못했다고도 한다

빗속으로 젖어드는 11월의 눈
살아서 숨 쉬는 열기와
목 없이 처형되는 밤과
선홍인가
흑빛으로 젖어드는데

승자들은 축배하고 오늘밤 그들의 소스에
축배를 더할 것이다
무량의 계절이 가고 또 가고
취하고
슬퍼하고
기록하고

* 하이드 : 소설 『지킬 박사와 하이드』에서.

제3부 별 바람

12월

호빵을 든 숙녀가 뛰어간다

짧은 뜨기로 다듬은 목도리가
마파람에 뚫리고
턱 빠진 그믐달이 곁눈질해 가고 있다

실타래 날리듯
하얀 김 날리며
낯선 여자가 총총히 사라졌다

숙(淑)이네

수선화꽃이 피었다
숙이는 엄마를 닮아 꽃이라 했네

어느 날 아빠가 떠나고
부잣집 농장으로 가고
4남매를 키운다는 할매 우리를 찾아왔네
하얀 고무신을 신고
갈라진 손, 7년 가뭄의 논바닥 손을 들어 연신
눈물방울 떨구네

복도로 아이들이 몰려오고
너는 빈자리를 찾아
두리번 감청색 입술이 또 파래졌구나
함께 함께
같이 같이
오늘은 불끈 가슴을 내밀고

우리 친구들

기도(祈禱)

살아 있기 행복하여라*
모로 누워 가지 않아도 눈뜬 자의 목숨이
호흡 한 사발

OR에선 다시 톱질이 시작되고
6번 구석 침대 배불뚝이*도
나의 옆에 있소
밤사이 긴 병동을 울리는 외마디는
훌쩍임과
리버시로시스 환자

부드럽게 입맞춤했네
살아 있어 행복한 자 살아남아
여호와여

* 고3 때 왼쪽 다리 복합골절로 병원에 입원하였음.
* 배불뚝이 : liver cirrhosis, 간경화증이라고 함.

별 바람

나팔꽃 귀방울 간질이고 있다
보랏빛 입술
저문 들녘을 지나는 바람소리

아득한 날
데구르데구르 잔디를 구르며
흙 바람 돌산 꽃님이* 웃음소리

팔랑개비 날리던
기억을 모아
흘러간 웃음을 부르다

* 꽃님이 : 점례 언니의 별명.

병원(病院)에 가다

증상

현기증 Ethereal oudour

닥터가 하얀 메모지를 건네주다

○○ ○○

치료 : 가로수 매달리기

하나 둘 셋 거꾸로 서기를 연습한다

엄지발가락이 나뭇가지에 걸렸다

여기저기서

사람들

물구나무를 선다

퇴근길

호박 당근 콩나물 두부
호박 당근 콩나물 두부
퇴근길 발걸음을 재촉하다

트램펄린 용수철에 몸을 튕기며 키드득
아이들 낄낄거리며
엄마 손을 잡고 걷는 아이와

골목 안 슈퍼에 봄이 왔다
봄소식 맞으러 가네
냉이와 두릅나무 취나물도

뒷모습의 덩치 큰 여인이
고기를 고르고
반달 웃음을 띠고
여보세요 여기 콩나물 빨리 주세요!!

하나

비가 오는 날 그네를 타다

이마와 어깨에 부딪는 빗방울 갈기

느티나무 위를 날아오던 새들

은빛 날개의 번득임

계집아이 놀다 간 자리에는 공깃돌 몇 개

삐거덕

삐거덕

저문 날의 담장 쪽을 지나는 수레와

번갯불! 누군가 고함을 치는데

흔들고 있다

가슴께 젖어오는 출렁이는 비

하나

두울

토말(土末)

내 사랑 눈멀어 그곳에 있다

물결 굽이치는

바람아 가자 땅끝까지 가자

새들 여남은 것 저들끼리 날고

소년과 녹슨 종탑이다

태백산 구름은 건너와서 쉬고

서울 사람들아 그곳 소식도 궁금하다

송지면 갈두리 땅끝 마을

전설을 흘리는 담벽에는 마른 볼 할퀴는

바람만 있고

검은 미역이 낮은 벽에 붙어 있다

사자봉 아래에 어룡이 산다는데

풀섶에 젖는 나그네의 발길

저녁노을

산두나무 열매 지고

토요일 오후(午後)

유천동 사거리서 버스를 타다
시민회관에 하늘 쪽 펄럭이는 현수막들

경암빌딩을 지나며 저 노인을 보소
손주 녀석 돌잔치에 가는가 보오
돌아기처럼 벙싯대고 있소
건너편 로타리에 빨간 불이 깜박이고

두 딸을 놓고 사는 ×× 집에 들를거나
음악학원의 영이 집에 들를까
터미널을 지나 버스는 달리고
덜컹거리며 버스는 달리고……

커피 또는 그리움에 대하여

별꽃*이라 말할래

새들 지저귐이

기념관* 담을 끼고 팔짱 낀 사람들이 걸어가고 있다

오후내 꽃을 엮어 수레 만들다

때로는 강아지와 얘기를 하거나 피아노를 치는 건

유쾌한 일이지

긴 복도를 울리며 스테이션*에 닿은

새벽 이스라엘의 성가대*와

컬컬한 목소리의 사내

기억하듯 새소리 물푸레나무에 서자

모를 일이다 그를 연모(戀慕)했는가는

* 별꽃 : 봄이 되면 육각형 모양의 선홍색 작은 꽃이 핀다. 정확한 꽃 이름은 모르고 내가 정한 거다.

* 기념관 : 천안 독립기념관.

* 스테이션 : 간호사실.
* 이스라엘의 성가대 : 여의도 순복음 교회 찬양대. 엄○○ 전도사님은 가끔 우리가 있는 곳을 서성이다가(?) 가셨다.

찬비

4월 유리창에 비치는 낭만
저 들판의
간지러운 스침이여

유리창마다 방울이 달리고
이른 봄비가 오다
그리움 그대로 지나게 하고
서러움 서글퍼 눈물이 난다

연둣빛 맺히는
방울을 따라
내 사랑 창가에서 머뭇거리나

환절기

개나리 피기 전(前)

눈이 예쁜 여교사 하나 청량리로 실려갔다*

바람 차와

자운영 무리져 피어오른 언덕

소년아 너는 목이 메는가

졸리운 밤의 긴 얘기를

귀 밝은 사람들은 모두 떠나고 계절(季節)의 문(門)

낯익은 얼굴로 오는데

밤새 나와 너 그대와 우리는

콜록이며

훌쩍이며 서성이는가

* 가끔씩 이상한 그녀를 깨우러 쉬는 시간에 그녀의 집으로 찾아갔다. 고향이 시골이었는데 얼굴이 무척 예쁜 여자였다.

미리 쓰는 유서(遺書)

사소한 것에 목숨 걸 일 아니다
자고 나면 상심의 바다에 잠기는 것을
너에게 빚이 있구나
기쁜 맘 달려오다 충돌한 사고인가

관심과 절박
우울 속의 축복
마이크를 잡고 노래를 부르고 싶다
어릴 적 부르고 끊긴 노래
심장은 고동치고 고동치며

설교가 오늘은 새로운데
(선천적으로 목소리가 크신? 대단한 목사님)
천당에 오른 뉴턴이 미리 본 우리에게 귀띔하는 말씀

어라 이곳에 올 것 같은 사람이
어라 여기에 못 올 것 같은 사람이
어라 나 같은 죄인을

아침의 시(詩)

산두나무 열매 진 외진 곳에
산새가 운다
삐
삐

낮게 원무를 그리며
시린 이마에 구름이 걷히고 있다
보라 태초의 열리는 얼굴
갈라지듯 진행의 속도가

세상의 호흡이며
태초의 눈(眼球)이며

사자봉 아래 흑일도와 백일도가
오누이로 앉았네
겨울 강 아다지오

휴화산

아이네 클라이네* 감미로운 현이다
빠져들듯 눈까풀에 쏠리는 평화는
어둠처럼 한손을 심장에 얹었다

숨을 잠시 고르며
투정과 협소
이해와 비굴 속에
빛나는 열망이여 들판 어디 끝자락으로
북소리 커지는가
땅은 어둡고 칙칙하다

참았던 인내 게으른 하품을 하며
불구덩 솟구친다
흔들리는 산 산
살아 있음을
식지 않았음을

* 아이네 클라이네 : 〈아이네 클라이네 나흐트 무지크〉. 모차르트의 세레나데. 일명 〈작은 소야곡〉이라고도 함.

제4부 겨울나무

커피

네 향기에 끌리어 다가간다
검은 빛깔의 태양
뜨겁고 달콤하고

찻잔에 물결이 치며 심장 박동이 요동치며
이럴 땐 무슨 말을 해야 해
누구한테 하지?
누구라 이 어둠의 고요한 탄식

후두둑 창문에는 빗물이 들고
혼자만의
유리벽 훌쩍이듯 홀짝이는
커피를 마신다

엄마는

그대 말씀이
아침에 일어나 경옥고를 먹으라
한 천 년이 가고 새로운 천 년이 시작되는가

어랍쇼? 갈마동 외국어학원에 등록했다는데
의사 선생님은 신경성 고혈압이라 했는데

김치가 먹고 싶다
오늘처럼 목이 컬컬해질 때는
엄마 손 한 그릇 새콤달콤 물김치
성산면 나포리 대나무 숲이 빽빽이 들어찬 곳
울 엄마 열여덟에 익산으로 시집왔네
5남매 키우시면서 계 왕주 보험 왕 부지런히 다니시고
오뚝한 코에 시골에서두 엘리자베스라 불리던 여인(女人)

밥을 하다 말고 엄마가 나를 불렀네
그렇지
(내일은 꼭 수업료를 내야 되는데……)

곤드레 술에 잠든 아버지가
어둔 밤 별은 제각기 흘러 훌쩍이던
안개 낀 밤의 쓸쓸함을 기억한다

어젯밤 일기(日記)

1) 오 오이양간 문 닫다가 그랬시유

검게 멍든 손톱이다

운동장에서 아이들이 공을 찬다

병갑이 볼이 하늘 높이 솟았다

그런 그런 오래된 동화책을 읽는 거

너도 싫증이 나지?

사파이어 한쪽 눈마저도 감았다는데

왕자와 새 그래 그래서

2) 데스크에서 카드를 하나 뽑아오다

이름과 나이 (중학생)

이제부터

한 사람을 위한 시간을 갖기로 한다

그러나 그래도

지루하고 불안스러운

아무 일도 없었던

오식도 기(記)

노을 꿈을 담아

모닥불 사르다

플라타너스 말하다

별이 되어 저문 강

달무리 지는 밤에

마주보고 앉자

크리스마스 전날 밤에 생긴 일

바람은 삭정이 끝에서 울고
산비탈 멀리서 초록별 뜨다

교회당 높이 솟은 종탑이
간절한 마음 인사 하나씩
홀쭉이와 털보 꺼벙이다
세 남자가 선물 꾸러미 하나씩 들었는데
하얗게 하얗게 눈이 오는 날에

성호를 긋는 수녀님의
검은 구공탄을 든 꺼벙이가 살짝 절룩이고
마을회관을 돌아서 간다
엠마누엘 회관의 지붕에도 눈이 쌓여
산비탈 오르막길 들어섰는데
누군가 놀라서 소리치는데
외진 굴막 안에 사람이 있다

산을 품은 여자가 누워 있네

다리를 벌리고 신음을 하네

삼총사 용감하다 그중에 한 명이 재빨리

품속에서 미역을 꺼냈다

또 한 명이 신속히 불을 지피고

마을 쪽으로 홀쭉이가 물을 길어왔네

움막집에 연기가 서서히 오르며

눈 오는 밤

푸른 밤 메리 구리스마스

언너니

괴나리보따리 저기쯤
언덕 너머 오고 있네
6월의 가슴께 눈이 날린다
탱자나무에 꽃이 돋아 꽃 모자 쓰고서
언너니

싸리집 안마당에 아이들이 모인다
허리춤 바가지에 흰 밥 두 덩이
아이들이 뛰어간다

어디서 노래가 들려오는가
6월 언덕에 흰 꽃이 피어
월계관 쓰고 가는 언너니

첫눈 오는 날

어깨동무하자
들판에도
샛터 오두막에 흰 눈이 온다

손에 손을 잡고서 술래를 하자
팅커벨
요정이 우리를 따라서 돌고
눈을 감아라 쌉싸름
마른 꽃 싸리나무

북서풍 키 큰 사내 휘파람 불어
빙그르르 돌면서
우리는 술래

애그니스

두 팔을 들어 때려라

모두 삼켜버려라

훌쩍이는 가슴과 구토물

떠도는 영혼의 흐느낌을

기다렸다 오랜 시간을 버티었구나

용감함이여 살아 있어라

할퀴고 더 울부짖어라 번개처럼 날려서

욕망과 발작의

경계선

솟구치는 혈관으로

송학동

서울역 염천교 고가 위에 비가 내리다
치악산 비로봉의 소식이더냐
이름 모를 나무 등줄기에도

만경강 들녘으로 황톳물 터지다
나뭇가지 잎사귀에 숨을 적시며
앉은뱅이 짝귀들 신이 나는가
다리 근처로 사람들이 몰리고
하수물이 범람하고

컴컴한 굴다리를 지나는 동안
무릎까지 올라오는 역류
안녕하신지 안녕하신지 송학동 굴다리* 비에 젖는다

* 송학동 굴다리 : 익산역 기찻길 뒤쪽에 위치해 있으며 자취방이 많은 동네이다.

겨울나무

그곳엔 아무도 살지 않았다

바람과
강물 소리
하얀 눈 속으로 지붕들이 가라앉고
세상 사람들 깊은 잠을 자고 있었다

등나무 팔을 뻗어 손짓을 하고
흰 강물의 노래
뾰족탑의 높은 종소리

그곳엔 아무도 살지 않았다
겨울바람과
강물 한 소리

피자 한 조각

피자가게 들르다
조명과 랩의 강한 테크닉이다
시큼 달콤 리본 포장을 엮다

어린애 볼에 케첩이 묻고
누렁이는 뼈다귀를 물고
피자 펴자 우리 가족
봄비가 내린다

오팔팔 청량리 밥퍼 목사는
부산 마리아 수녀회와
지로번호 76022×7 다일공동체
피자 한 조각 물고

2월의 기도(祈禱)

바람을 먹으며 간다
텅 빈 창자 속 풍선으로 부풀어
채송화 씨 작은 염원이

사는 것과
죽는 것
담배 연기를 연극배우의 흉내를 내다
연기는 모양에서 흔들며 올라가는데 러셀* 경(卿)의
턱인가 털인가
둘째 주의 실습을 떠올리는데
모세스 영아원* Congenital Syphilis 환아였지
빨갛게 당근처럼 익은 얼굴이

꽃은 피지 않는가 기도할 수 없는 소망과
소망(所望)할 수 없는 소망
2월 교회당 기도실에 아무도 오지 않는다

* 버트란드 러셀 : 『나는 왜 기독교인이 아닌가』의 저자.
* 모세스 영아원 : 군산시 개정면에 위치.

잠든 자(者)의 노래

자자 고단한 의식 떨어져 누운 자처럼
풀 속의 잎새는 흐느적
새들 새들은 가볍게 날아갔네

한낮에도 귓속에 곤충이 살고
간교한 마우스는
내 방 가까이 쓰레기통을 뒤진다
독약은 독침으로 고친다
XO 남은 한 방울의 술

창문 커튼 뒤에 누가 숨었느냐
누구 어느 날 어찌하여 병이 깊었느냐
날개를 달아다오 부리 하나
깃털 한 개쯤 적도 아니고 동지(同志)도 아닌 차라리
동화 속 나라에 시간은 멀고
이제 고요히
죽은 자(者)처럼 자자

오병동

내가 할 수 있는 것은 그대 이름을 부르는 것이다
이브닝 듀티 교체 후
쏭바강*을 만나다
헬로우 허니

창백하다
남자의 손에 메모지가 있다
다음 장에는 무슨 이야기를 쓸 건가요?
둘러진 사각의 방이 사각의 눈과
네모 약봉지와

소독 냄새 물씬 풍기는 병실에
그들의 은어로 충만하고
박×호 무엇하러 왔습니까?
초대해주셔서 감사합니다.

피붙이 없이 떠도는 칠순 노인의 고백은
포천 가요 포천

침대 밑 숨 죽이고 고향으로 가는 마차 소리 듣는가

그림자 따라가는 오병동*

길고도 말없는 평화

* 소설 『머나먼 쏭바강』(박영한 지음)을 본인이 지었다고 우기고 있음.

* 오병동 : 응암동에 위치한 병원.

연필 깎기

뜨는 상념(想念)이
가다듬어 네모진 책상 앞에 사각사각

휘파람과 새소리는 나의 친구
편지를 쓴다 너의 딸이 너만큼 키가 자랄 때까지
우린 오랫동안 소식 끊겨 살았구나
대기조 대입 합격률 최상의 반 허영의 자존심만
들어차 비몽사몽 날밤을 새우던
엉덩이 짓무르게 앉았던 자리

도수 높은 검은 테 안경을 끼고
EMI 학원 집 딸 조 머시기
연애대장 넙죽이 그애도 잘 있느냐 여름방학이 다가올 즈음
열한 시 반 막차 플랫폼에서 그미를 기다렸지
서울 어느 동대문 시장 포목점을 열어
큰 부자가 되었다고도
안됐구나 그애 주인은 중한 병에 걸렸다지
이런저런 모습으로 자리매긴

연필을 깎는다

너에 다다르는

꿈에

팔을 내밀어 이끄는 손
자식이듯 이끌리어 따라 나서네
달콤하고
유쾌하고

가볍게 미끄러지며
용궁 속을
어느 길을 찾아가나 하, 부드럽고나

누군가 쑥덕거림이
시새움과 쫓기듯 도망치며 흡족했네
가슴은 뛰고 행복하여라

흐릿한 골목을 빠져나가며
뛰어갈 텐데
날아갈 텐데*

* 가수 조덕배의 노래에서 일부 인용함.

22층에는 누가 사는가

초판 발행 · 2001년 7월 25일
재판 발행 · 2014년 12월 30일

지은이 · 김민주
펴낸이 · 김화정
펴낸곳 · 푸른생각
편집 · 지순이, 이영은 | 교정 · 김수란

등록 · 제310-2004-00019호
주소 · 서울시 중구 충무로 29(초동) 아시아미디어타워 502호
대표전화 · 02) 2268-8706(7) | 팩시밀리 · 02) 2268-8708
이메일 · prun21c@hanmail.net / prunsasang@naver.com
홈페이지 · http://www.prun21c.com

ISBN 978-89-91918-36-8 03810
값 8,000원

22층에는 누가 사는가